ARRONDISSEMENT DE MEAUX.

BANQUET
DE LA RÉFORME

ÉLECTORALE ET PARLEMENTAIRE,

26 Septembre 1847.

Réformer pour maintenir.

PUBLIÉ PAR MM. LES COMMISSAIRES

du Banquet.

MEAUX,

IMPRIMERIE A. CARRO, RUE DU TRIBUNAL, 14.

1847.

51

BANQUET RÉFORMISTE.

26 Septembre 1847.

Réformer pour maintenir.

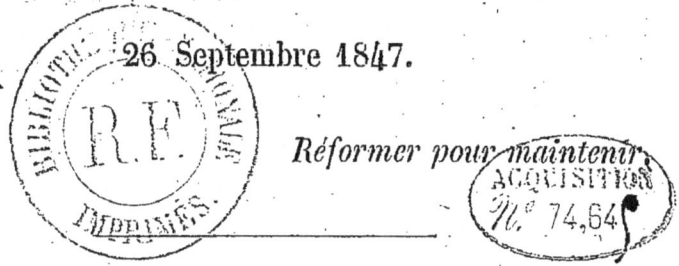

La réunion du Château-Rouge avait eu lieu : L'arrondissement de MEAUX qui venait, dans les élections de 1846, de
remettre si glorieusement son drapeau entre les mains du
petit-fils de son ancien représentant, le général LAFAYETTE, devait
être un des premiers à suivre l'exemple donné par la capitale. A
peine aussi, la grande manifestation des électeurs de l'opposition du département de la Seine, fut-elle connue, que de
toutes parts dans les cantons de l'arrondissement de Meaux,
le désir de s'associer à cet acte de loyauté politique et de
patriotisme, fut généralement et chaudement exprimé. Sym-
pathisant avec ces idées, désireux de satisfaire autant qu'il
serait en eux, à ce vœu pour ainsi dire unanime, quelques citoyens
du chef-lieu, dès le 24 juillet, provoquèrent une réunion des
électeurs de l'opposition de la ville et de la campagne, afin de

1

s'entendre sur les mesures à prendre, pour arriver à un résultat, et répondre à l'attente générale.

Le 14 août, quarante-trois commissaires choisis dans les divers cantons, réunis en assemblée, arrêtèrent à l'unanimité de faire une manifestation en faveur de la réforme électorale et parlementaire, ils décidèrent en même temps qu'un banquet aurait lieu à cet effet à Meaux le 26 septembre suivant. Des circonstances toutes locales forcèrent à remettre la réunion à une époque aussi reculée. Un comité d'exécution fut nommé, et la souscription ouverte dès ce jour, dut recevoir les adhésions des citoyens électeurs et non électeurs.

Des invitations furent adressées à des hommes éminents, que la sympathie politique, et des services rendus attachaient à l'arrondissement de Meaux; au Comité central représentant les électeurs de l'opposition de la Seine; à des Députés qui, par leur caractère personnel, leur talent, leur patriotisme, et leur position dans la Chambre élective et dans le pays, devaient jeter de l'éclat sur le banquet, en même temps que leur présence en déterminerait nettement le sens et le but, à la fois légal et franchement constitutionnel.

MM. les électeurs de Melun, Coulommiers, Provins et Fontainebleau, furent engagés à se joindre aux électeurs de Meaux, pour consacrer ainsi publiquement, et dans une circonstance éclatante, une union politique, qui dans un avenir prochain, doit donner à notre département une représentation partout conforme à l'opinion du pays.

Cet appel fut entendu : le 26 septembre, la salle du Jeu de paume, mise obligeamment à la disposition du comité par son propriétaire, M. Fournier, négociant à Meaux, réunit six cent quatre-vingt-cinq convives; la souscription cependant avait été close le mercredi soir 22; faute de place, bon nombre de demandes de billets ne purent être accueillies.

Elégamment décorée, la salle du banquet offrait un coup-d'œil délicieux : au-dessus de la table d'honneur, au centre.

d'un vaste panneau, s'élevait, planant sur l'assemblée, le buste du général LAFAYETTE, le front ceint d'une couronne de chêne; à droite et à gauche des médaillons entourés de feuillages verts, avec ces mots : *France, Liberté, Union, Progrès*; des faisceaux de drapeaux aux couleurs Françaises, Américaines, Polonaises, Italiennes, Suisses, et par dessus tout, une vaste banderolle portant *Réforme électorale*, complétaient un ensemble vraiment gracieux.

A l'autre extrémité, en face, au milieu du panneau correspondant, une seule couronne de chêne et d'immortelles, entourait, en les réunissant, les noms des cinq arrondissemens de Seine-et-Marne, Meaux au milieu, Melun, Coulommiers, Provins et Fontainebleau aux angles; des drapeaux, une banderolle avec *Réforme parlementaire*, encadraient avec grâce cet emblême ingénieux de confraternité politique, et qui parlait à tous les yeux.

Là aussi se trouvait l'orchestre, où des amateurs de la ville avaient pris place en grand nombre et spontanément : nul d'entr'eux n'avait voulu laisser à des étrangers le soin d'ajouter au lustre d'une fête si belle et si patriotique.

De chaque côté sur les longues faces du parallélogramme, des guirlandes de feuillage, des médaillons au nom des chefs-lieux de canton de l'arrondissement de Meaux, des devises, telles que : *Probité politique, Courage civique, Droit, Devoir, Agriculture, Commerce, Industrie*, séparés par des bouquets de fleurs, entremêlés de faisceaux aux couleurs nationales, offraient un aspect élégant et varié.

La décoration de la salle, on peut le dire, était pleine de goût, d'élégance, et du meilleur effet.

Cinq tables de cent couverts, divisées chacune en quatre services de vingt-cinq, marqués par de petits drapeaux tricolores, aboutissaient à la table d'honneur; des tables supplémentaires, des buffets avaient été convenablement disposés pour le reste des convives. Un commissaire présidait à chaque service de vingt-cinq couverts.

La présidence du banquet avait été donnée à M. Dumoulin-Dulys, membre du conseil général, un des vieux électeurs patriotes de la Restauration restés toujours purs, et que le comité avait voulu honorer dans la personne de l'un d'eux.

On remarquait à la table d'honneur, MM. :

Le Président;

Odilon Barrot, député, président du comité de la gauche constitutionnelle;

Oscar Lafayette, député de l'arrondissement de Meaux;

Georges Lafayette, député de l'arrondissement de Coulommiers;

Drouyn de l'Huys, député de l'arrondissement de Melun;

Le comte de Lasteyrie, président du comité central des électeurs de l'opposition de la Seine;

Larabit, député de l'Yonne;

Jules de Lasteyrie, député de la Sarthe;

Ferdinand de Lasteyrie, député de Saint-Denis;

Ernest de Girardin, ancien député;

Dutot,
Riglet, } délégués du comité central de la Seine;

Chappon, président du tribunal de commerce, chef de bataillon de la garde nationale de Meaux, membre du conseil municipal;

Delamarre, maire de Coulommiers, électeur;

Bavoux, électeur, (Provins);

Nancey, électeur, (Melun);

Lafontaine, membre du conseil général, (Lagny).

MM. les électeurs délégués des arrondissements avaient été répartis entre toutes les tables, et placés à côté de MM. les commissaires.

Confondus dans la foule, on comptait encore des conseillers de département et d'arrondissement, plus de trente maires, et presque tous les chefs de bataillon de la garde nationale.

A 4 heures précises, tout le monde étant placé, M. le Prési-

dent ouvre la séance : l'orchestre joue *la Marseillaise*, qui est
saluée d'une triple salve d'applaudissements.

Le président donne ensuite la parole à M. HOUZELOT, qui
s'exprime en ces termes, au nom de MM. les Commissaires :

RÉFORMER POUR MAINTENIR : tel est le sens précis, tel
est en même temps le but sincère, de la manifestation
légale qui nous rassemble.

Que voulons-nous aujourd'hui, Messieurs ? rappeler
aux principes de 89 notre gouvernement constitutionnel
qui s'en écarte ; raffermir chez nous les institutions de
1830, momentanément ébranlées par ceux-là mêmes qui
devaient les vivifier.

Que dénaturant nos intentions, nos adversaires politiques pour effrayer les esprits timides, entraîner les
irrésolus, dressent à dessein devant nous le spectre des
révolutions, laissons faire, Messieurs ; ne nous arrêtons
pas à de fausses terreurs, vain fantôme d'un danger qui
n'est pas, et qu'on n'évoque le plus souvent que pour
cacher des intérêts égoïstes ou des idées réactionnaires.

Pour nous, forts de nos consciences, nous le disons
hautement, c'est avec la volonté de conjurer ces orages
qu'on affecte de redouter sans y croire, que nous
sommes ici.

Quand tout s'ébranle autour de nous, quand tout
menace peut-être ; lorsque dans l'ordre social et politique, la gangrène morale est partout, n'est-il pas permis
à des citoyens amis de leur pays, dévoués à l'ordre, de
s'alarmer et d'élever la voix ? dans notre pensée c'est
plus qu'un droit, c'est un devoir.

Que la réforme soit mieux qu'un but, qu'elle soit un
moyen : A nous donc, à nous, cette agitation pacifique

qui remue le pays sans le troubler, avertit le pouvoir sans le menacer, lui défend de méconnaître la volonté de tous, et le ramène ainsi sans secousses dans les voies qu'il n'aurait pas dû quitter.

Mais dans ce retour aux saines doctrines du gouvernement représentatif, dans l'accomplissement de cette œuvre laborieuse de réparation politique à laquelle nous nous consacrons en ce moment, restons fidèles aux immortels principes de 89, aux institutions de 1830 leur glorieux corollaire. Le prix de nos efforts est noble et beau, Messieurs! pour l'obtenir sachons vouloir, sachons surtout persévérer; et quand la lice vient de s'ouvrir, rappelons-nous que rien n'est plus puissant au monde qu'un droit exercé avec modération, mais avec fermeté, qu'un devoir rempli avec conscience.

Le dîner, où l'ordre le plus parfait n'ôtait rien à la gaîté la plus franche et la plus cordiale, ne dura pas plus de vingt-cinq minutes : au bout de ce temps M. le Président se lève et porte le toast suivant :

À LA SOUVERAINETÉ NATIONALE, A LA ROYAUTÉ CONSTI-TUTIONNELLE ! (*Bravos.*)

LE PRÉSIDENT : La parole est à M. Botot, électeur, membre du conseil général.

M. BOTOT :

À LA RÉFORME ÉLECTORALE ET PARLEMENTAIRE ! (*Applaudissemens long-temps prolongés.*)

LE PRÉSIDENT : La parole est à M. Odilon Barrot, député, président du comité de la gauche constitutionnelle. (*Profond silence.*)

M. ODILON BARROT :

Messieurs et chers Concitoyens,

J'ai plus de foi dans les actes que dans les paroles, et je ne sais rien de plus éloquent au monde que cette réunion imposante sur laquelle plane le souvenir de votre ancien et glorieux député, de l'immortel Lafayette. *(Applaudissemens prolongés.)* Je dis immortel, car sa mémoire vivra dans le monde tant que vivra la liberté. *(Bravo! Bravo!)*

Vous avez admirablement réuni dans vos vœux, la souveraineté nationale, la royauté constitutionnelle et les réformes qui doivent les harmoniser : ces choses doivent se confondre dans les consciences, dans les convictions de tous les citoyens éclairés. *(Vive approbation.)*

Notre royauté constitutionnelle dérive de la souveraineté nationale. *(Oui! oui!)* Il faut qu'elle s'en souvienne. *(Tonnerre d'applaudissements.)* Comme vous l'avez si bien dit, RÉFORME POUR MAINTENIR, telle doit-être notre devise..... L'expérience vaut mieux que la science, ou plutôt c'est la science éternelle. Les faits ont parlé assez haut pour faire reconnaître l'impérieuse nécessité des réformes que nous poursuivons. Tout pouvoir qui n'est pas contenu marche à sa ruine ; c'est la loi inévitable des gouvernemens. *(Assentiment unanime.)*

Qu'est-ce qui a manqué à l'Empire, à ce glorieux gouvernement, si ce n'est d'être averti et contenu ? *(C'est vrai! c'est vrai!)* La monarchie constitutionnelle sans équilibre, ce n'est qu'une ignoble dérision, un mensonge! *(Oui! oui! Applaudissements énergiques.)* Et cependant la tendance inévitable de tous les pouvoirs est l'envahissement ; ainsi le veut la nature humaine, telle est la loi infaillible du cœur de l'homme. Plus une monarchie est menacée, plus elle a été faible à son origine, et plus, dans le sentiment irréfléchi de sa conservation, elle est portée à envahir, à puiser sa sécurité dans les conquêtes inconstitutionnelles qu'elle peut faire ; elle absorbe ainsi en elle, quand elle n'est pas contenue, tous les pouvoirs de l'État, et alors qu'advient-il? c'est qu'à mesure qu'elle grandit de cette force factice, les institutions s'abaissent, et qu'au jour des grandes épreuves, elle se trouve isolée pour y résister et pour les traverser.

De toutes parts. *Bravo! bravo!*

M. Odilon Barrot. Je sais que je suis au milieu de citoyens amis de l'ordre et de la liberté, dévoués sincèrement à nos institutions, et qui n'en désespèrent pas. (*Non! non!*) C'est donc pour moi un droit et un devoir de dire toute mon opinion, avec la franchise d'un homme libre, et qui ne craint pas de répondre de ses pensées les plus intimes : notre monarchie constitutionnelle a profondément dévié! (*Bravo! Triple salve d'applaudissemens.*) Elle s'est éloignée des conditions de son origine; je ne la rends pas seule responsable ; tout le monde est peut-être coupable : les uns par calcul, les autres par indifférence, ceux-là enfin par des opinions trop vives et trop précipitées. (*C'est vrai! c'est vrai!*) Oui! tout le monde a sa part de responsabilité plus ou moins grande dans la situation actuelle, mais qu'est-il arrivé? C'est qu'insensiblement le grand principe du gouvernement constitutionnel qui repose tout entier sur l'irresponsabilité

royale, qui place la couronne en dehors de la politique ardente, qui la met à l'écart des luttes parlementaires, qui en fait un arbitre planant sur toutes les
opinions, sur tous les partis, et n'en épousant aucun ;
c'est que ce grand principe a été profondément blessé ;
c'est que, dans cette fatale voie, la couronne encouragée
par des ministres qui n'avaient ni le sentiment de leur
dignité, ni l'intelligence de nos institutions, (*Très-
bien! Approbation prolongée*) par la composition même
des chambres où dominent les agents du pouvoir,
(*Oui! c'est cela, très-bien!*) a substitué son action
directe, irresponsable, à l'action des agents responsables
dans le gouvernement du pays. Ce n'était pas assez
encore de cette intervention si dangereuse de la couronne, tous les grands services de l'état viennent
successivement s'absorber dans la famille régnante, qui
échappe sinon de droit, au moins de fait à toute responsabilité. (*Bravos.*) Ainsi, entre l'irresponsabilité de
droit de la couronne, et l'irresponsabilité de fait de
la famille, que deviennent nos institutions ? que devient
l'action libre et sérieuse de la représentation nationale de ce pays? elle s'affaisse ; elle s'évanouit ; elle
s'anéantit.

PLUSIEURS VOIX AVEC FORCE : *Nous saurons la raviver !*
DE TOUTES PARTS. *Oui! bravo!*

M. ODILON BARROT. La discussion même ne sera plus
libre quand elle rencontrera devant elle ce qu'elle doit
respecter à jamais!..... (*Applaudissemens.*)

C'est ainsi que cet équilibre salutaire qui maintient
et contient les pouvoirs les uns par les autres est détruit;
que pour vouloir forcer le ressort monarchique, on le
fausse et on l'expose à être brisé; c'est ainsi que sur

l'avenir s'amassent des dangers, que ne seront pas chargés de conjurer, ces courtisans imprévoyants qui les accumulent sans y croire, parce que le servilisme les aveugle. (*Très-bien! très-bien!*)

Que faire donc? Relever nos institutions, les vivifier, les fortifier. (*Long assentiment.*) Et vous, citoyens, veillez avec une sollicitude de tous les jours sur les hommes publics, à qui les destinées du pays sont confiées.

Voix nombreuses. *C'est une tâche à laquelle nous ne manquerons pas!*

M. Odilon Barrot. Votre mission n'est pas accomplie, même quand vous avez déposé dans l'urne votre vote consciencieux : non, le lendemain du jour où votre patriotisme a obtenu ou préparé un succès pour la cause sainte de nos libertés, quand vous rentrez chez vous, fiers à bon droit de ce que vous avez fait, votre œuvre n'est pas finie. Vous êtes les véritables apôtres de cette société, vous en êtes les chefs, vous la dominez par vos richesses, par votre intelligence; eh bien! toutes ces forces doivent être incessamment employées au service du pays : voilà votre devoir.

Voix unanimes. *Nous saurons le remplir!*

M. Odilon Barrot. Réunissons-nous donc dans ce sentiment commun qui nous anime; que notre cri universel soit : A la réforme!

De toutes parts. *Oui! oui! à la réforme!*

M. Odilon Barrot. Mais à la réforme sérieuse et efficace, à cette véritable révolution pacifique, opérée par la force de nos institutions, avec modération et avec calme, mais aussi avec une inébranlable fermeté, par l'union de tous les hommes restés purs... (*Bravo! bravo!*)

à cette révolution pacifique et légale qui doit nous préserver des révolutions violentes. (*Mouvement d'enthousiasme. Approbation prolongée.*) Car ceux-là qui se disent conservateurs dans un intérêt de sécurité et de paix, ne savent pas, ne voient pas, êtres inconséquens et inintelligens, qu'en persistant dans leur indifférence et dans la voie déplorable où ils se sont engagés, ils marchent rapidement, fatalement à cette révolution violente dont chacun doit redouter les conséquences.

A LA RÉFORME ÉLECTORALE ET PARLEMENTAIRE!

En d'autres termes :

AU RÉTABLISSEMENT D'UN ÉQUILIBRE SÉRIEUX ET POSITIF ENTRE TOUS LES POUVOIRS DE L'ÉTAT! (*Bravo! bravo!*)

Une émotion profonde succède à ce discours, et les cris de vive Odilon Barrot! *qui éclatent bientôt de toutes parts, témoignent de l'enthousiasme excité par les paroles de l'illustre orateur.*

LE PRÉSIDENT : La parole est à M. Chabanneaux (de Lagny,) électeur, ancien membre du conseil général.

M. CHABANNEAUX :

A LA MÉMOIRE DE NOTRE ANCIEN REPRÉSENTANT, A L'ILLUSTRE GÉNÉRAL LAFAYETTE! conquérant, défenseur, martyr de la liberté! Et pour que notre hommage puisse encore mieux lui sourire, confondons avec lui dans nos acclamations, son fils Georges Lafayette, qui depuis vingt ans représente l'arrondissement de Coulommiers; rare et bel exemple de loyauté et de persévérance politiques, qui honore à la fois le mandataire et les commettans. (*Applaudissements*).

LE PÉSIDENT : La parole est à M. Georges Lafayette.

M. GEORGES LAFAYETTE :

Messieurs,

En donnant au général LAFAYETTE, une si éclatante marque de souvenir, en confiant à l'excellent citoyen qui fut pendant si long-temps son ami, le soin d'en prononcer la touchante expression, vous venez d'acquérir de nouveaux droits à la reconnaissance de tous ses enfans. Permettez à son fils, que dans votre pensée tout à l'heure, vous avez daigné ne pas séparer de lui, de vous offrir l'hommage de sa vive et respectueuse gratitude. (*Mouvement d'approbation.*)

Jadis, en honorant de votre confiance le père que j'ai perdu, vous avez embelli sa vie; la constance de vos sentimens pour lui, a été la joie et la consolation de ses dernières années, et le bonheur qu'elle a répandu sur ses vieux jours, a fortement rejailli, Messieurs, sur le cœur de celui qui était le confident alors, de ses plus intimes pensées. (*Sensation.*)

Je vous remercie d'avoir aimé mon père pendant sa vie. Au nom de ses petits-fils, comme au mien, je vous remercie d'avoir béni sa mémoire avec nous aujourd'hui. C'est avec une profonde émotion, que nous voyons votre ancienne affection pour celui qui vous était si dévoué, Messieurs, planer maintenant sur son tombeau, dont elle est l'ornement et la gloire. Et quant à nous, croyez-le bien, nous serons toujours prêts à défendre avec vous, en tout temps, à tout prix, ces doctrines de liberté, d'égalité, de respect pour les institutions, et la volonté du pays, qui furent celles du général Lafayette, et qu'il nous a léguées. (*Bravo! bravo!*)

Messieurs, lorsque nous avons conduit notre père à

sa dernière demeure, lorsque nous avons juré sur sa
tombe, de ne jamais oublier les leçons que nous avons
reçues de lui, avec nous, étaient aussi de bons citoyens
de l'arrondissement de Meaux. Que ceux que j'ai le
bonheur de voir encore aujourd'hui parmi nous, re-
çoivent la nouvelle expression des sentimens que je vous
ai consacrés, et qu'il me soit permis de donner une
larme de regret et de reconnaissance au précieux souvenir de ceux qui ne sont plus. (*Applaudissements.*)

Pour moi, qui, l'année dernière encore, vous ai dû
l'une des plus vives satisfactions que j'aie éprouvées de
ma vie, en échange du témoignage de haute bienveil-
lance que je viens de recevoir de vous, je ne puis vous
offrir je le sais, que le zèle et le dévouement d'un simple
vétéran qui fut toujours fidèle à son drapeau. Je ne le
perdrai jamais de vue, je vous le promets, Messieurs,
ce vieux drapeau que porte si dignement au milieu de
nous, le brillant orateur que vous venez d'entendre, et
quelles que soient les vicissitudes de ma vie publique à
venir, la confiance que m'inspire la persévérante bonté
de mes commettans pour moi, et le sentiment de la
reconnaissance que je vous dois, me donneront toujours,
j'espère, la force dont j'aurai besoin pour rester digne
de mon mandat et de vous. (*Bravo! bravo!*)

Voix nombreuses. *Vive Lafayette*!

*L'assemblée entière se lève spontanément pour s'associer à l'hom-
mage qui vient d'être rendu à la mémoire d'un grand citoyen, et
pour adhérer en même temps aux paroles de son fils, qui expri-
ment si noblement les sentimens de l'homme public et de l'homme
privé.*

Le Président : La parole est à M. Damoreau, électeur, membre du conseil municipal de Meaux, ancien président du tribunal de commerce.

M. DAMOREAU :

Au Député de l'arrondissement de Meaux !

De toutes parts : *Oui, oui, au petit-fils de Lafayette !*

M. Damoreau : Jeune encore, il a rempli notre attente ; ses premiers pas dans la carrière ont été dignes de l'aïeul et du père ! (*Approbation.*) C'est aux leçons de l'émule et de l'ami de Washington, qu'il a puisé les principes de loyauté politique et de patriotisme qui revivent en lui : nobles traditions de famille, héritage glorieux, qu'il saura conserver intact. (*Applaudissements. Bravo !*)

Le Président : La parole est à M. Oscar Lafayette, député de l'arrondissement de Meaux.

M. OSCAR LAFAYETTE :

Messieurs,

Vous venez de me rappeler le grand exemple que j'ai eu autrefois sous les yeux, vous avez bien voulu le rapprocher de celui que je trouve aujourd'hui encore près de moi, et qui ne m'est ni moins cher ni moins précieux : tous les deux, ai-je besoin de le dire, ne cesseront jamais de me servir de guides dans la carrière politique, ils seront toujours mon drapeau. (*Assentiment*).

S'il est vrai, ainsi que vous le disiez tout à l'heure, que les exemples d'indépendance et de fermeté politique soient le meilleur des enseignemens pour un nouveau député, comment pourrai-je oublier ceux que j'ai reçus de vous il y a un an, pendant cette lutte électorale si énergiquement disputée dans vos murs, et qui avait fixé à un si haut degré l'attention publique. Combien ne devais-je pas être reconnaissant envers vous, lorsque je soumettais en votre nom à l'examen de la Chambre, une élection pure de toute souillure, empreinte de ce caractère éminemment constitutionnel qu'elle ne saurait perdre parmi vous. (*Approbation*).

Messieurs, en voyant de quels témoignages de sympathie vous honorez la mémoire de votre ancien représentant, j'apprends comment on doit mériter votre confiance et j'ai doublement à vous remercier, non seulement des suffrages dont vous m'honoriez l'an dernier, mais plus encore, de l'interprétation que vous leur donnez aujourd'hui.

Messieurs, le mandat de l'arrondissement de Meaux, placé naguères dans de puissantes mains, a eu une trop grande influence sur les évènemens de notre histoire contemporaine, pour qu'il puisse jamais cesser d'avoir une haute signification politique, et vous ne voudriez pas sans doute, le voir uniquement réduit à la mesquine représentation de vos intérêts individuels. (*Non! non! très-bien! très-bien!*)

La tâche que j'ai osé accepter est donc imposante et difficile : pour qu'elle soit bien remplie, il ne suffit pas de mes efforts, de mon dévouement ; il faut plus, Messieurs, il faut votre participation tout entière, il faut votre loyal concours. (*Vous l'aurez!*) Le député qui obtient sa place à la chambre par des votes intéressés et corrompus, a peu de comptes à rendre à ses commettants, peu de communications à leur faire. Un seul

argument répond à tout ; l'administration se charge
de le fournir : des faveurs aux uns pour le passé,
des promesses aux autres pour l'avenir ; une main
pleine dans des mains vides, et quelques paroles d'espé-
rance pour ceux à qui on ne peut donner une meilleure
part. (*Rires d'assentiment.*)

Mais votre mandat, Messieurs, impose d'autres devoirs, une autre attitude, une autre conduite à votre
représentant : il faut que le lien formé entre nous par
la conformité de nos principes se resserre et se consolide
par la fréquence de nos rapports, par la solidarité
complète des actes de votre député, loyalement acceptée
de vous, par cette entente parfaite et (si j'osais le dire)
par cette fraternité politique qu'établissent les relations
consciencieuses entre gens honnêtes et désintéressés.
(*Bravo ! bravo !*)

Messieurs, dans la session qui vient de finir, j'ai été
appelé à agir en votre nom : un mot donc des derniers
travaux de la Chambre et de la part que j'y ai prise.

La question la plus importante de la session dernière
a été celle qui nous réunit aujourd'hui, celle de la
réforme électorale et parlementaire, question de morale
autant que de politique, question d'honneur et d'exis-
tence pour nos institutions. Dans cette circonstance, la
belle devise que vous avez adoptée, RÉFORMER POUR
MAINTENIR, devait être la règle de votre représentant.
(*Très-bien ! très-bien !*)

J'ai donc appuyé de mon vote les deux réformes, et
si j'en crois l'enthousiasme qui accueillait tout à l'heure
d'éloquentes paroles, si j'en crois le spectacle qui s'of-
fre en ce moment à mes yeux, ce ne sera pas en cela
du moins que j'aurai failli à ma mission, que j'aurai

méconnu la nature de vos sympathies. (*Non! non!*)
D'autres mesures reclamées par une impérieuse nécessité étaient également attendues avec impatience par
l'opinion publique : le rétablissement de notre situation financière au dernier point compromise; la réduction de certains impôts, onéreux en particulier à
l'agriculture, onéreux surtout aux classes laborieuses;
la répression enfin de grands désordres administratifs;
rien de tout cela n'a été fait. Le déficit du trésor n'a
été comblé que par l'augmentation de la dette publique;
la réduction de l'impôt du sel, malgré les réclamations
de tant d'années, malgré la rigueur des temps, n'a pu
être encore inscrite dans nos lois, et lorsque les scandales, envahissant l'enceinte même de la représentation
nationale, ont été dénoncés à la tribune parlementaire,
c'est au vote d'une majorité passionnée qu'on a demandé
une satisfaction dérisoire, en frappant ainsi d'impuissance, l'impartiale justice des tribunaux.... (*Applaudissemens.*)

Tous les efforts tentés par l'opposition pour obtenir
quelque progrès moral ou matériel, sont venus se briser
contre l'inébranlable immobilité du cabinet. Et dans
quel moment, Messieurs, la France a-t-elle une politique stationnaire? Lorsque tout marche autour d'elle;
lorsque l'Allemagne s'avance d'un pas calme, mais assuré, dans la voie du progrès constitutionnel, en nous donnant aujourd'hui, un exemple que jadis elle recevait
de nous; lorsque le chef vénéré de l'Eglise Romaine,
(*bravo! bravo!*) maintenant l'ordre et la paix dans
ses Etats par l'affection qu'il inspire, accorde chaque
jour à son peuple une liberté nouvelle, et reçoit en
échange d'enthousiastes actions de grâce; lorsque chez

2

nous enfin, la démoralisation révélée de certaines bran-
ches de l'administration, vient de faire un si éclatant
contraste avec la générosité des classes aisées, avec le
courage patient des classes laborieuses, pendant cette
année de souffrance et de malheur. (*Adhésion.*)

Heureusement, Messieurs, au-dessus du gouvernement, au-dessus des majorités parlementaires, il y a
le pays! (*Oui! oui!*) Le pays, *sans sortir des voies
légales*, saura réprimer les abus que ses représen-
tans n'ont pu atteindre; il saura trancher les questions
que ses législateurs n'ont pu résoudre. (*Nous l'espérons!*)

Déjà le mouvement politique s'est manifesté sur tous
les points du territoire; il vous appartenait de vous
placer à sa tête. Lorsqu'en 1829, la France entière
se levait pour la conquête de ses droits, c'était dans
vos murs que la cause libérale trouvait ses plus généreux défenseurs. J'aperçois encore dans vos rangs ceux
qui ont pris part à ces glorieuses luttes, ceux que nous
aimons tant à nommer les patriotes de la Restauration;
comment ne seraient-ils pas avec nous? (*Ils y seront!*)
Comment laisseraient-ils périr par la corruption, les
institutions que leur dévouement a fondées?

Messieurs, j'appartiens à la génération nouvelle: qu'il
me soit permis de m'incliner devant cette énergique
persévérance. (*Très-bien!*) Honneur aux hommes qui
depuis tant d'années déposent dans l'urne électorale un
vote libre et indépendant! Honneur à ceux qui ont
conquis à notre arrondissement sa réputation de patriotisme! La cause qu'ils ont soutenue autrefois est encore
maintenant la nôtre! (*Adhésion générale.*) La lutte
aujourd'hui transportée sur le terrain légal et consti-

tutionnel, qu'on ne nous fera pas quitter, n'exige pas moins de courage et de sacrifices.

Vous le savez; n'y a-t-il pas au milieu de vous d'honorables maires de canton sacrifiés à des vengeances politiques? Ne trouvez-vous pas dans l'arrondissement de Melun un exemple éclatant de courageuse indépendance parlementaire, frappée par le pouvoir, (*C'est vrai!*) mais récompensée par d'unanimes témoignages de l'estime publique? (1) (*C'est vrai! c'est vrai!*) Messieurs, la solennité imposante de cette manifestation, ses proportions inaccoutumées, la présence dans ces murs d'une de nos grandes illustrations parlementaires, celle de ces députés témoins de votre inébranlable fermeté, celle de nos concitoyens venus du département de la Seine, et des arrondissemens voisins du nôtre, tout nous prouve que la situation exige de notre part un énergique effort. Rattachons-nous donc au sentiment le plus essentiel à la vie de tout gouvernement libre, à la PROBITÉ POLITIQUE, sans laquelle la volonté du pays ne saurait se faire jour dans la représentation nationale. (*Applaudissemens prolongés.*) Si la grande mesure que nous poursuivons de nos vœux, a pour but principal d'établir le gouvernement représentatif sur une base plus large et plus solide, de conférer à un plus grand nombre de citoyens l'exercice des droits qui leur appartiennent, elle a encore un autre but que nous ne devons point dédaigner, c'est de donner plus de force au sentiment de la PROBITÉ POLITIQUE, c'est de réprimer cette vénalité des suffrages, le fléau, le

---

(1) M. Drouyn de l'Huys.

déshonneur de nos institutions ; Messieurs : A LA PROBITÉ POLITIQUE !

DE TOUTES PARTS. *Bravo! bravo! vive Lafayette!*

Une satisfaction unanime accueille ce discours du jeune Député de l'arrondissement de Meaux : à ces paroles dignes et fermes, chacun sent et comprend qu'une double solidarité dans les actes et dans les principes, existe désormais entre le mandataire et les commettants.

M. DUTOT, un des délégués du comité central des électeurs de la Seine, donne lecture de la pétition sur la réforme électorale et parlementaire ; des exemplaires déposés sur chacune des tables sont bientôt couverts de signatures.

LE PRÉSIDENT : La parole est à M. Bully, électeur, membre du conseil municipal de Meaux.

M. BULLY :

A cette trinité bienfaisante et féconde qui tout à la fois honore et enrichit la France : A L'AGRICULTURE, AU COMMERCE ET A L'INDUSTRIE ; AUX CITOYENS QUI S'Y CONSACRENT ! Puisse la réforme électorale et parlementaire que nous appelons ici de toute l'ardeur de nos vœux, les faire jouir bientôt du prix mérité de leurs travaux et de leurs veilles, à l'ombre de la charte et du trône constitutionnel de juillet, à la faveur d'une éternelle paix, mais d'une paix partout et toujours honorable ; telle qu'il vous la faut, à vous, fiers et dignes enfants des vainqueurs de Fleurus et d'Austerlitz ! (*Très-bien ! très-bien !*)

LE PRÉSIDENT : La parole est à M. Cordier, électeur. (La Ferté-sous-Jouarre).

M. CORDIER :

A nos Convives MM. les Députés !

Puisse leur persévérance à formuler nos vœux pour les réformes vainement attendues jusqu'à ce jour, être couronnée de succès !

Puisse ce cri de réforme poussé dans toute la France, et reporté par eux au sein de la Chambre élective, donner enfin gain de cause au progrès.

Que cette agitation pacifique, qui fait leur force, se continue et ne cesse qu'après le triomphe de la réforme électorale et parlementaire ! (*Applaudissements.*)

Le Président : La parole est à M. Larabit, député de l'Yonne.

M. LARABIT :

Au nom de mes collègues, je remercie MM. les électeurs de l'arrondissement de Meaux, de la réception flatteuse dont ils veulent bien nous honorer aujourd'hui.

Je n'appartiens à votre beau département que par les souvenirs et les affections de famille, je n'y ai d'autres liens politiques que la fraternité qui doit unir tous les français ; mais nous sommes tous heureux et fiers, d'avoir été invités à partager avec nos collègues de Seine-et-Marne, les témoignages d'approbation et de sympathie dont vous nous comblez.

La députation de Seine-et-Marne, se distingua toujours par la loyauté, le patriotisme et le talent ; un souvenir impérissable planera éternellement sur elle pour l'illustrer à jamais !

Honneur, Messieurs, aux anciens électeurs de Meaux, qui renouvelèrent, il y a plus de vingt-cinq ans, et confirmèrent si souvent, malgré les haines et les calomnies du pouvoir, aux applaudissements de la France libre, la sainte mission politique de l'illustre général Lafayette. (*Approbation.*)

A dix-neuf ans, Lafayette s'arrachait au repos, aux douceurs de la famille et de la cour, pour aller défendre la liberté dans l'Amérique.

Bientôt revenu en France, il déposa les titres et les priviléges de sa noblesse sur l'autel de la patrie et de l'égalité.

Jusqu'à son dernier jour, et pendant plus de 60 ans, il est resté fidèle aux principes de liberté et d'égalité pour lesquels il avait combattu dans sa jeunesse, pour lesquels il a couru tant de dangers dans nos orages politiques.

La famille du général Lafayette suit avec un religieux respect, avec une conviction persévérante, la ligne politique de son chef; à son tour elle mérite nos respects et nos sympathies.

Honneur donc à ceux-là qui, récemment, en 1846, conçurent la noble et patriotique pensée, de confier au petit-fils, le glorieux mandat si long-temps illustré par l'aïeul.

Honneur aussi aux électeurs de Coulommiers que des souvenirs de gloire et de loyauté attachent au nom de Lafayette, et qui ont toujours conservé avec les électeurs de Meaux une glorieuse solidarité de patriotisme.

Honneur enfin aux électeurs de Melun! ils ont fixé leurs suffrages sur un jeune diplomate, qui leur a fait le sacrifice de sa brillante position administrative : les électeurs l'ont honorablement vengé d'une destitution brutale et grossière. En se livrant lui-même aux mau-

vaises passions du pouvoir, il a ajouté une preuve
éclatante, à tant d'autres preuves qui nous montrent,
que les ministres du jour corrompent dans tous ses
dégrés le gouvernement représentatif, et qu'ils ne res-
pectent pas ce qu'il y a de plus respectable, la
conscience, la vérité, l'indépendance du député.

Les députés que vous avez conviés à ce banquet
connaissent vos besoins et vos vœux ; ils savent que
la richesse de ce beau département est agricole; ils
savent que de toutes les industries l'agriculture est
la plus utile et la plus honorable ; qu'elle a droit
avant toutes les autres, aux encouragemens et à la
protection du gouvernement ; mais l'agriculture sait
aussi que c'est surtout en elle-même, dans ses propres
recherches et dans sa propre expérience, qu'elle doit
trouver les perfectionnemens qui deviennent plus que
jamais nécessaires, pour nourrir l'augmentation toujours croissante de la population française.

La fécondité du sol, les conditions générales dans
lesquelles il est placé, laissent au département de Seine-
et-Marne peu de choses à désirer; d'ailleurs, Messieurs, n'en fut-il pas ainsi, le désintéressement de ses
électeurs, leurs sentiments fraternels, ne leur feraient
encore rien demander de plus, que leur part proportion-
nelle dans la fortune publique. (*Très-bien !*) Ils ne vou-
draient pas enlever aux départements pauvres, la moindre
partie des ressources qui leur sont nécessaires. (*Bravo!*).

Ce que désirent surtout les électeurs de Meaux, et
ce dont ils ont souvent donné l'exemple, c'est la probité
politique inséparable, de la probité privée.

Il est douloureux de penser que dans notre beau pays
de France, où l'honneur semblait pour ainsi dire un

apanage national, les hommes qui se sont glissés au pouvoir, paraissent avoir pris à tâche d'altérer la vertu publique, et d'introduire la fraude et la déception dans le gouvernement représentatif. (*Vive adhésion.*)

La révolution de juillet s'était faite pour la défense de ce mode de gouvernement si souvent contesté par la branche aînée ; la branche cadette ne lui a succédé qu'à la condition qu'il serait sincèrement appliqué, que la charte serait une vérité. Quel devait être alors le rôle du pouvoir nouveau ? Donner l'exemple de la loyauté, respecter les droits des citoyens, sauvegarder la liberté de tous dans l'exercice de ces droits. On a fait tout le contraire ; on a excité par tous les moyens possibles l'improbité politique ; on a même quelquefois, dans des vues gouvernementales, toléré et encouragé l'improbité privée ; il en résulte aujourd'hui des conséquences déplorables qui retombent sur le gouvernement, et dépravent une partie des citoyens.

Plaignons, Messieurs, ceux de nos concitoyens de bonne foi, qui n'ont pas encore été éclairés par les malheureux résultats de la politique du jour ; plaignons les erreurs quand elles sont désintéressées, et faisons des vœux pour que la lumière se fasse.

Mais honte à tous ces renégats politiques, qui changent de couleur par de basses spéculations d'intérêt, qui, soit dans les chambres, soit dans les colléges électoraux, déshonorent le gouvernement représentatif par leurs votes intéressés, qui font monnaie de leur conscience, et cherchent par leurs complaisances, à usurper les faveurs ou les places qui seraient dues aux mérites et aux services. (*Approbation générale.*)

Heureusement pour notre avenir, Messieurs, il y a

encore plus de déceptions et de duperies que de corruption véritable ; malgré l'énormité du budget, que nous
cherchons en vain à réduire, les moyens de corruption
échouent souvent entre les mains des corrupteurs, grâce
à la perfection de la comptabilité publique ; les emplois
sont occupés, il y a peu de vacances, on ne peut pas
destituer sans scandale ; aussi les promesses qui sont
faites à tant d'électeurs, sont presque toujours des promesses trompeuses et de véritables duperies, qui tour-
nent à la confusion de ceux qui les ont faites. *(Rires....*
applaudissements.)

Le ministère et ses partisans ont plutôt encore le char-
latanisme de la corruption que les moyens de la corruption. *(Très-bien, très-bien.)*

Il corrompraient le pays, s'ils le pouvaient ; mais
la corruption est une arme de mauvaise trempe, déjà
brisée dans leurs mains, et dont bientôt il ne pourront
plus se servir.

Je ne veux pas finir, Messieurs, sans provoquer vos
souvenirs de haute estime et d'affection pour notre ami
Auguste Portalis, *(Applaudissements trois fois répétés.)*
qui a si long-temps, et avec tant d'honneur représenté
votre arrondissement : il y a cinq ans, il a succombé
dans la lutte, mais vous l'avez vengé par votre dernière
élection ; il applaudit lui-même aux succès de votre
nouveau député, Oscar Lafayette. *(Approbation. Vive*
Portalis !)

A vous, Messieurs les électeurs ; au sentiment patriotique qui vous a réunis, qui assurera bientôt en
France, le triomphe de la probité politique, et du véritable gouvernement représentatif !.... *(C'est notre*
espoir. Applaudissements.)

Le Président : La parole est à M. Verdier, électeur. (Dammartin).

M. VERDIER :

Paris a donné un exemple que la France entière suivra.

Grâce au comité central des électeurs de l'opposition de la Seine, la manifestation du Château-Rouge comptera désormais parmi les évènements importants de notre histoire parlementaire moderne.

Au Comité central! a son vénérable Président!

Il a voulu nous témoigner lui-même sa sympathie pour nos efforts!

Le Président : La parole est à M. le comte de Lasteyrie, président du comité central.

Messieurs,

Appelé parmi vous comme président du comité central des électeurs de la Seine, j'apprécie vivement l'honneur qui m'est réservé de répondre à votre toast hospitalier, et de faire entendre ma voix au milieu de cette assemblée, patriotique écho de la grande réunion dont le comité de Paris a pris l'initiative.

Ici, comme au Château-Rouge, comme dans toutes les parties de la France, vous vous réunissez pour protester contre un ordre de choses, qui entraînerait notre patrie vers une dégradation et des désastres qu'il est temps de prévenir.

Ce n'est que par l'union de nos efforts que nous pouvons combattre cette corruption, qui partant du plus haut degré de l'échelle sociale, envahirait bientôt la société tout entière, si une prompte réaction, provoquée par la pudeur publique, n'y opposait une digue infranchissable.

Sera-t-il dit que la France oublie la gloire, la liberté qu'elle a conquises par deux révolutions à jamais mémorables, et au prix de si nombreux sacrifices?

Lorsqu'autour d'elle, tous les peuples s'agitent pour conquérir des droits et une indépendance qu'on s'obstine à leur refuser, restera-t-elle encore indifférente et passive, après avoir vu ses libertés successivement envahies pendant un long espace de dix-sept années?

Non, la France ne donnera pas au monde ce spectacle honteux. (*Assentiment.*)

La presse, la première, a sonné le tocsin pour réveiller l'opinion publique trop long-temps assoupie, et qui, sans elle peut-être, sommeillerait encore. Tous les organes indépendants de la pensée nationale se sont prêtés un mutuel concours, pour attacher au pilori de la publicité les corrupteurs et les corrompus.

Honneur donc à la presse, pour le courage et la persévérance avec lesquels elle a rempli son importante mission!

Honneur aussi aux électeurs de l'opposition, qui répondent de toutes parts à son généreux appel!

Honneur à vous particulièrement, Messieurs, qui proclamez aujourd'hui d'une manière si éclatante, les principes sacrés que votre patriotisme a déjà su, bien des fois, faire triompher!

Elevons nos voix tous ensemble! Qu'elles retentissent dans tout le pays! Qu'elles se fassent entendre jusque chez les nations voisines, comme une énergique protestation, contre le système de cynique égoïsme auquel on voudrait nous soumettre ! (*Bravo ! bravo !*)

Le comité central des électeurs de la Seine vous remercie, par mon organe, d'avoir bien voulu l'associer à cette manifestation solennelle.

Et je suis encore son interprète en vous priant d'accepter un toast :

AUX LIENS INDISSOLUBLES QUI UNISSENT LES PATRIOTES DE PARIS A CEUX DES DÉPARTEMENTS. (*Approbation prolongée.*)

LE PRÉSIDENT : La parole est à M. Paul Cère, électeur.

M. PAUL CÈRE :

Messieurs,

Unis par une pensée commune, nous faisons aujourd'hui cette manifestation si digne et si calme, parce qu'il nous semble que l'état actuel des choses est imparfait, parce que nous voulons obtenir par les moyens légaux des réformes nécessaires, parce que nous ne voulons point de révolution nouvelle. Dans ces temps fertiles en scandales, l'opinion publique s'est émue, et quand Paris a donné une impulsion toute favorable à la probité publique, notre arrondissement qui a su reconquérir un député patriote, pouvait d'autant moins rester indifférent, qu'il a eu l'occasion d'apprécier, par lui-même, l'urgence des réformes.

Mais il ne faudrait pas se le dissimuler, Messieurs, de nombreux obstacles s'opposent à nos vœux, le concours des chambres nous est nécessaire ; or l'abus des influences dans le parlement arrêtera tous les progrès tant qu'il y aura solidarité entre une majorité qui s'est déclarée satisfaite, et des ministres qui défendent leurs portefeuilles en désespérés, parce qu'ils savent que la sellette des accusés les attend au jour de leur chute.

Si nous ne devons rien attendre de la majorité actuelle, faut-il désespérer pour cela du pays et des élections prochaines ? N'avons-nous pas à suivre un excellent exemple que nous ont laissé les électeurs de la restauration, nos doyens en patriotisme et en dévouement? Rappelons-nous, Messieurs, que le même corps électoral, qui isolé et désuni avait fait la chambre introuvable, nommait en 1829, les 221 qui rappelèrent le gouvernement d'alors au respect des grands principes constitutionnels!

Le corps électoral de 1829 n'avait pourtant pas à traverser des épreuves aussi douloureuses que celles que nous subissons ; c'est une justice, Messieurs, qu'il faut rendre aux ministres de la restauration. Accusons-les pour leurs entreprises réactionnaires et liberticides, mais la postérité sévère n'accolera pas leurs noms à celui de Walpole, ce type de ministre corrupteur! Il est donc permis d'attribuer le succès des principes libéraux en 1829, à l'organisation qui avait eu lieu l'année précédente, et sur tous les points, de comités électoraux, chargés de rendre à l'opinion publique sa véritable expression, en épurant les listes, en faisant inscrire les censitaires oubliés, et rayer les faux électeurs en grand nombre alors , comme aujourd'hui.

J'ai l'honneur de vous le demander, Messieurs, ne serait-il point possible d'obtenir, à notre époque, avec les mêmes armes, le triomphe de l'opinion publique? Nous avons contre nous l'organisation parlementaire qui est défectueuse, la loi électorale qui est mauvaise ; mais faut-il nous décourager, lorsque nous pouvons user des moyens légaux qui nous restent, nous réunir en comités, réviser les listes électorales? Le soin de leur formation est actuellement laissé à l'arbitraire des préfets, et Dieu sait avec quelle partialité elles sont faites. (*Rires d'assentiment.*) Opposons donc au zèle préfectoral, notre concours et notre contrôle. (*Adhésion.*)

Un autre devoir est imposé aux comités de notre époque, celui d'arracher le masque et de signaler au mépris public, cette gangrène morale, la corruption, partout où elle se montre. (*Très-bien! très-bien!*)

Déjà, Messieurs, un comité est organisé depuis peu de jours dans cet arrondissement, il a vu qu'il y avait beaucoup à faire, et l'on peut être persuadé qu'il accomplira dignement, toutes les charges du devoir qu'il s'est imposé.

Faisons des vœux pour que les comités se multiplient; quand chaque arrondissement aura le sien, alors il est permis de l'espérer, les honorables députés que nous comptons aujourd'hui parmi nous, deviendront membres d'une majorité qui rendra à la nationalité française son ancien éclat, tout en restituant au pays sa prospérité morale et matérielle, et la liberté fondée sur des institutions vraiment libérales et constitutionnelles.

Permettez-moi, Messieurs, de porter le toast :

A LA PROPAGATION DES COMITÉS ÉLECTORAUX. (*Applaudissements.*)

Le Président : La parole est à M. le docteur Adrien (de Crécy.)

M. ADRIEN :

AUX ÉLECTEURS DES ARRONDISSEMENTS DE MELUN, COULOMMIERS, PROVINS ET FONTAINEBLEAU!

L'union fait la force ; leur présence à ce banquet est une garantie de l'avenir électoral du département de Seine-et-Marne.

LE PRÉSIDENT : La parole est à M. Drouyn de l'Huys, député de Melun.

M DROUYN DE L'HUYS :

Messieurs,

J'applaudis et j'adhère de tout mon cœur au toast qui vient d'être porté. La voix qui proclame la ligue de l'indépendance et de la probité politiques, trouvera de l'écho dans tous les arrondissemens du département de Seine-et-Marne. *(Oui ! oui !)*

La corruption, voilà l'ennemi commun. *(C'est vrai !)* D'abord il cheminait sourdement par des voies souterraines ; bientôt il s'est produit au grand jour, il a effrontément planté son drapeau sur la brèche qu'il avait faite à nos institutions. C'est ce drapeau qu'il faut abattre, c'est cette brèche qu'il faut réparer. *(Applaudissemens).*

« Vous sentez-vous corrompus ? » osent demander à la France ces hardis corrupteurs. Espèrent-ils donc que la maladie a fait assez de progrès pour avoir éteint toute sensibilité ? *(Très-bien !)* Oui, la France sent le mal dont elle est travaillée ; mais, au lieu de s'endormir dans une honteuse léthargie, elle s'arme de courage pour extirper de son sein un germe funeste. Oui, la France sait où est le mal, et elle veut le guérir. *(Elle le guérira !)* Souffrirons-nous qu'il envahisse les plus nobles organes de la vie politique ? *(Non ! non !)* Le corps électoral, c'est le cœur de la nation : là devraient fermenter, sans alliage impur, les seules inspirations du patriotisme. Le Parlement, c'est la tête de la France ; là devraient s'élaborer, dans le silence de l'intérêt privé, les seules pensées que suggère l'amour du bien public.

En est-il toujours ainsi ? vainement nous voudrions le croire : des faits trop éclatans et trop nombreux protesteraient contre une telle illusion. Le cynisme des apostasies, le tarif des consciences, qui n'est plus un secret pour personne, le grand bazar des faveurs ouvert à toutes les cupidités ; (*Bravo! bravo!*) les votes mis à l'enchère, la simonie politique faisant entrer dans le commerce, la chose la plus inaliénable et la plus sainte, je veux dire la conviction : tels sont les scandales qui affligent les honnêtes gens de tous les partis ! (*Double salve d'applaudissemens.*) Veut-on persévérer dans ce déplorable système ? (*Non! non!*) Veut-on que l'on puisse dire de la France ce qu'un historien disait de Rome en décadence : « Chaque jour elle est livrée au pillage : « chaque jour elle est mise à l'encan. » (*Explosion de bravos!*)

N'écoutons pas, Messieurs, les scrupules intéressés ou pusillanimes de ces prétendus conservateurs, qui repoussent toute réforme ou tout progrès. Voyons quels sont leurs droits au titre qu'ils se décernent si pompeusement. « Vous êtes, leur dirai-je, des conservateurs : » apprenez-nous donc, de grâce, ce que vous avez » conservé? » (*Rires d'approbation.*)

Avez-vous *conservé* la fortune de l'État? Demandez-le à la commission du budget qui, depuis sept ans, vous reproche la progression incessante du déficit, des dépenses et de l'impôt. (*Très-bien! très-bien!*)

Avez-vous *conservé* le bon ordre et l'intégrité dans

l'administration? Les tribunaux vous répondent en poursuivant les concussions qui se révèlent de toutes parts dans les services publics, et sur lesquels vous avez si long-temps fermé les yeux. (*Bravo! bravo!*)

Avez-vous *conservé* nos alliances et notre dignité? Demandez-le à l'Italie que vous livrez à l'Autriche, à l'Espagne que vous abandonnez à l'Angleterre, au Maroc où vous nous faites payer notre gloire, à Taïti où vous nous faites payer vos faiblesses. (*Applaudissements prolongés.*)

Avez-vous *conservé* à la France sa légitime place à la tête de la civilisation, dans l'ordre physique, intellectuel et moral? Demandez-le à vos propres amis; c'est à l'un d'eux qu'appartient le mérite d'avoir caractérisé les résultats de votre administration par ce mot : « *Rien, rien, rien.* » (*Rire général.*)

Qu'avez-vous donc *conservé*, si ce n'est, par aventure, cette foule d'abus dont vous *profitez*. (*Très-bien! très-bien!*)

Passons en revue maintenant cette opposition que l'on affecte de craindre, parce qu'on est contraint de l'estimer, (*Approbation.*) et que l'on prend le parti de calomnier, parce qu'on désespère de la séduire. Que trouvons-nous dans les rangs de cette opposition, qui pour certaines gens, a l'impardonnable tort de croire que le meilleur moyen de conserver un édifice, c'est de le réparer, au lieu de se croiser les bras, et de s'asseoir sur le seuil de la porte, en se déclarant *satisfait? (On rit).* Quels sont donc ces redoutables électeurs, qui veulent, dit-on, bouleverser la France?

Parmi eux je vois d'inoffensifs rentiers, de paisibles propriétaires, qui savent mieux que personne, que l'ordre et la paix sont les bases les plus solides de la propriété, mais qui sont aussi fermement persuadés, que dans notre pays, l'ordre ne peut reposer que sur la liberté sincère, et la paix sur la dignité satisfaite. (*Longue et vive approbation*).

Veulent-ils l'anarchie et la guerre, ces laborieux agriculteurs, qui souffrent si long-temps des blessures que reçoit la patrie? Non sans doute ; mais ils savent que les révolutions et les invasions marchent à la suite des gouvernemens impopulaires, et que souvent, dans la carrière politique, le précipice est en arrière, on y tombe en reculant. (*Applaudissements.*)

Pensez-vous que ces vieux militaires, fidèles aujourd'hui à leur devoir de citoyens, comme ils l'étaient jadis à leur consigne de soldats, songent à précipiter la France dans de nouveaux hasards? Non, mais ils nous supplient de conserver intact, l'héritage de gloire qu'ils nous ont légué. Ils ont appris que la meilleure sauve-garde du repos d'un peuple, c'est le respect qu'il inspire. Croyez-en leur expérience : la paix se commande, elle ne se demande pas. (*Très-bien! très-bien!*)

Trouverez-vous des perturbateurs dans les rangs de ces industriels et de ces commerçans, dont la fortune vogue, pour ainsi dire, sur le mobile élément du crédit public, et qui sont les premières victimes de la tempête? Non, sans doute ; mais ils vous diront que les gouvernements qui sèment l'agiotage, recueillent la banqueroute, et que l'énergie politique d'une nation est la condition indispensable de sa prospérité commerciale. (*Bravo! bravo!*)

Parlerai-je de ces hommes, qui dans la pratique des affaires et dans l'étude des lois, ont puisé le respect et l'amour de la légalité? Certes ils ne veulent pas que le droit soit victime de la violence, mais ils n'entendent pas non plus qu'il soit dupe de la fraude. (*Adhésion générale.*)

Voilà les hommes avec lesquels on peut marcher le front levé : voilà les vrais amis, voilà les vrais appuis du gouvernement ! (*C'est vrai ! c'est vrai !*)

Quant à nous, Messieurs, si nous avons pu acquérir quelque titre à la confiance de nos concitoyens, c'est qu'en toute occasion nous leur avons prouvé que la modération de notre caractère politique ne dégénérait pas en faiblesse, et que notre dévouement au pouvoir n'allait jamais jusqu'à la complicité. « Fais ce que dois, advienne que pourra » telle est votre devise, elle est aussi la mienne, vous le savez, Messieurs, et c'est ce qui me vaut aujourd'hui l'honneur de siéger au milieu de vous. (*Tonnerre d'applaudissements.*)

L'effet produit par ce discours, où l'ironie mordante et fine le dispute à l'énergie de la pensée, est une véritable ovation pour le Député de Melun.

Le Président : La parole est à M. Evariste Bavoux, électeur de l'arrondissement de Provins.

M. BAVOUX :

Je n'ai pas demandé la parole pour porter un toast, mais pour vous adresser des remerciements.

Moins heureux que vous, à Provins, nous avons succombé dans la dernière lutte électorale, mais au moins, je puis le dire, l'honneur du drapeau a été sauf. Le ministère a fait sonner bien haut ce triomphe ; il a opposé à ceux qui lui demandaient la réforme, la prétendue indifférence des électeurs. Après Paris, vous vous êtes levés ; votre réunion est un éclatant démenti donné à ce

système d'ironie et de sarcasme. Permettez-moi de reven-
diquer pour l'arrondissement de Provins une solidarité
dans votre manifestation politique, et d'associer à vos
vœux et à vos efforts, le pays que j'ai aspiré à repré-
senter ! (*Très-bien! très-bien !*)

Le Président : La parole est à M. Eugène Garnier (de Lizy),
électeur.

M. GARNIER :

Aux classes laborieuses !
Elles sont l'âme de la nation : elles ont droit à toutes
nos sympathies ! (*Applaudissements prolongés*).

Le Président : La parole est à M. Odilon Barrot.

M. ODILON BARROT :

Messieurs,

Je proposerai un dernier toast : Au Président et
aux Commissaires qui ont organisé cette belle et
patriotique manifestation, *(Applaudissements.)* qui ont
maintenu l'ordre si nécessaire à la liberté, et qui
lui donne en quelque sorte sa sanction ! *(Très-bien.)*
Soyez convaincus que vous avez fait un grand acte ;
oui, vous avez donné un noble exemple de courage
civil et de patriotisme. Que tous les honnêtes gens
en France aient comme vous, le courage de procla-
mer publiquement leur opinion, et le pays est sauvé !
Il faut le dire à l'honneur de la nature humaine,
à l'honneur de notre France, le bien est contagieux ;
il suffit de le montrer aux hommes.
Le drapeau que vous venez de lever, réunira bientôt dans toute la France une imposante majorité, qui

fera taire enfin toutes les mauvaises et honteuses passions qui ont égaré le pouvoir. *(Bravo! bravo!)*

Au président et aux commissaires de cette fête, à ces patriotes fermes qui se sont dévoués pour accomplir cette grande œuvre, dans laquelle vous venez de montrer que vous étiez dignes de la liberté, parce que vous saviez comprendre ce qu'il y a de puissance dans l'exercice des droits civiques, et dans l'ordre qu'on sait maintenir en accomplissant les devoirs de citoyens! *(Vive et longue approbation.)*

Dans l'intervalle des toast, l'orchestre fait entendre à diverses reprises, des airs patriotiques, toujours applaudis avec un vif enthousiasme.

Une quête au profit des pauvres est faite à chaque table par MM. les commissaires : elle a produit 514 fr. qui ont été versés à la caisse du bureau de bienfaisance de la ville de Meaux.

M. LE PRÉSIDENT. Avant de nous séparer, je crois devoir, au nom de l'assemblée, remercier du fond du cœur, MM. les députés qui ont bien voulu s'associer à cette manifestation politique, qui, nous l'espérons, portera d'heureux fruits. — La séance est levée.

Il est 6 heures et demie : l'orchestre joue pour la dernière fois *la Marseillaise*, qui est saluée des plus vifs applaudissements.

L'assemblée se sépare dans le plus grand ordre, aux cris : *Vive Lafayette! Vive Odilon Barrot! Vive la Réforme!* Chacun se retire avec la conviction que l'acte de patriotisme auquel il vient de s'associer, est un fait, qui dans l'avenir, doit avoir une haute importance : en maintenant à l'opinion de l'arrondissement de Meaux, le caractère de légalité qu'on voudrait en vain lui enlever, il assure à jamais à l'opposition l'avantage qu'elle a su conquérir aux élections de 1846.

La tranquillité publique n'a pas été un seul instant troublée, malgré le concours immense de personnes étrangères, que cette belle manifestation avait attiré dans la ville.

M. Lherbette, député de Soissons, auquel le Comité avait envoyé une invitation, s'est excusé ; il a adressé en même temps à M. le Président une lettre que l'heure avancée de la séance n'a pas permis de lire : cette lettre appartient à l'histoire du banquet réformiste de l'arrondissement de Meaux, sa place est en conséquence, marquée au compte-rendu ; nous la donnons ici.

Monsieur le Président,

Lorsque vous avez bien voulu m'adresser pour le banquet de Meaux, une invitation dont je suis fier, j'ai eu l'honneur de vous exprimer la crainte de ne pouvoir m'y rendre ; j'en suis effectivement empêché par la nécessité d'un voyage, qui m'a même fait abréger mon séjour dans le Soissonnais.

Ai-je besoin de vous dire, M. le Président, de quel cœur je m'unis à la patriotique manifestation de Meaux, quel plaisir j'aurais éprouvé à y prendre part, quel devoir je m'en faisais ?

Le rôle des hommes investis de la députation est double : c'est l'envisager d'un point de vue étroit, que de le restreindre à la confection des lois. Les députés sont aussi apôtres des principes, qui, après s'être propagés dans le pays, forcent les portes des Chambres ; qui, après avoir pénétré dans les esprits, passent nécessairement dans les lois. Quand un principe s'est fait peuple, il ne tarde pas à se faire législateur. Notre voix, à nous, mandataires du pays, doit donc s'élever dans les assemblées de citoyens, non moins que dans les assemblées législatives. « C'est de l'agitation, » dit le pouvoir : « C'est de la vie politique, » répond la liberté.

C'est même là le rôle principal de l'opposition, qui,

n'ayant pas le nombre dans les Chambres, doit s'adresser aux convictions du pays, et ne chercher que là son point d'appui.

Si jamais cet apostolat politique a pu nous convenir, c'est à une époque où nous avons à lutter contre quelque chose de pire que les plus mauvais principes, contre l'absence de tout principe.

Si jamais les manifestations politiques ont été nécessaires, c'est à l'époque où la répugnance contre le système, prend sa source dans un sentiment moins violent, moins bruyant, mais plus froid et plus durable que l'animosité.

Et si jamais pays doit se préparer à de graves évènemens, c'est, lorsque ses avertissemens ne sont pas compris, ou sont méprisés ; lorsque, malgré ces avertissements, les rênes du gouvernement sont prises par l'homme en qui se personnifie constitutionnellement, le système contre lequel se soulève l'opinion publique.

Bien des yeux encore vont donc se dessiller, et bien des consciences se révolter. Qui devra céder ? Ou le pays qui proclame ses sentiments avec autant de fermeté dans le fond, que de modération dans la forme, ou le pouvoir qui les foule aux pieds ?

La question a donc marché encore depuis que vous avez formé le projet de votre réunion : elle a marché depuis quelques jours, disons-le franchement ; les questions spéciales sont dépassées. Votre véritable cri de ralliement n'est pas celui de la réforme électorale et parlementaire, ou de toute autre réforme; n'est pas celui qui a présidé à votre réunion, celui qui seul encore sort de vos lèvres. Le vrai cri de ralliement, qui jaillit de tous les cœurs honnêtes, et que des voix éloquentes feront sans doute retentir au milieu de vous, est celui

de : « Guerre, guerre à la démoralisation, si haut qu'elle
» soit placée. »

Dans cette lutte entre une nation et quelques indivi-
dualités, comptons au premier rang de nos moyens de
résistance, les manifestations comme la vôtre. J'en juge
par ce que m'ont fait éprouver deux autres de même
nature, auxquelles j'ai eu le bonheur d'assister ces jours-
ci. Elles réchauffent le patriotisme, elles raniment les
bons instincts ; elles inspirent à chacun un sentiment
plus élevé de ses droits, de ceux d'autrui, de soi-
même et de ses concitoyens ; elles donnent une idée
juste de la puissance, plus ou moins rapide, mais toujours irrésistible de l'opinion publique, chez un peuple
qui, grand par la pensée, plus encore que par la force,
sait allier le vif désir des réformes et le respect profond
pour l'ordre. J'ai senti que, de ces réunions, je sortais
plus fort après m'être retrempé au milieu de mes concitoyens, et meilleur parce que je m'étais encore plus
identifié avec eux.

Oserais-je vous prier, M. le Président, de vouloir
bien faire agréer à l'assemblée l'expression de ma reconnaissance, pour l'invitation dont j'ai été honoré, de mes
regrets de ne pouvoir y répondre, et de mes sympathies
sincères et chaleureuses.

J'ai bien l'honneur d'être avec le plus profond
respect,

M. le Président,

votre très-humble et obéissant serviteur,

LHERBETTE,

DÉPUTÉ DE SOISSONS.

Paris, 23 septembre 1847.

MEAUX. — IMPRIM. A. CARRO.